图书在版编目（CIP）数据

藏起来的鞋子 / 黄木华著 . —南宁：接力出版社、2019.2
ISBN 978-7-5448-5894-6

Ⅰ．①藏⋯　　Ⅱ．①黄⋯　　Ⅲ．①儿童故事 – 图画故事 – 中国 – 当代　　Ⅳ．① I287.8

中国版本图书馆 CIP 数据核字 (2018) 第 300320 号

责任编辑：李明淑　　文字编辑：严利颖　　美术编辑：杨　慧
责任校对：杜伟娜　　责任监印：陈嘉智
社长：黄　俭　　总编辑：白　冰
出版发行：接力出版社　　社址：广西南宁市园湖南路9号　　邮编：530022
电话：010-65546561（发行部）　　传真：010-65545210（发行部）
网址：http://www.jielibj.com　　E-mail:jieli@jielibook.com
经销：新华书店　　印制：北京盛通印刷股份有限公司
开本：889毫米×1194毫米　1/ 16　　印张：2.75　　字数：20千字
版次：2019年2月第1版　　印次：2019年2月第1次印刷
定价：38.00元

CANG QILAI DE XIEZI

藏起来的鞋子

黄木华 著

接力出版社
Publishing House

那年春天，爸爸来到一所新的小学当老师。

　　搬到新家第二天，爸爸就把我的长头发剪短了。我很生气。

　　可是爸爸说："打扮得像个男孩子，就不会有人欺负你了。"

更让我生气的是，他还要我穿男孩子的鞋——一双深褐色的塑料凉鞋，又笨重又难看。

"可是我想要一双黄鞋子，上面有蓝色的小花；或者一双红鞋子，上面有只大粉蝶……"

每次我向妈妈求助，她总会站在我这边，可这回她却说："以前不是总有男孩子拽你的头发，踩你的鞋子吗？每次你都哭着回家。爸爸这么做也是为了你好。"

每天早上，爸爸骑着自行车载我去学校。

我总会唱起小时候他教我的那首歌："月光光，秀才郎，骑白马，过莲塘。莲塘背，种韭菜，韭菜花，结亲家……"

路上的人听到了，都停下手里的活儿说："唱得真好！"我却不好意思地低下头，偷偷把脚藏在爸爸身后——我不想让大家看见我脚上的鞋。

有时候，我想，也许过几天这双鞋就
坏掉了，也许它们会被别人偷走……
可是这些都没有发生。

一到下雨天，我就会很高兴，因为下雨就可以穿雨鞋了。

有一次我起得太早，在半路上打瞌睡，脚被卷进了车轮，流了很多血。

　　"我的脚很疼，可能穿不了鞋子了。"我努力做出很痛苦的样子。

　　爸爸好像很担心，他看了看我的脚，轻轻地点了点头。

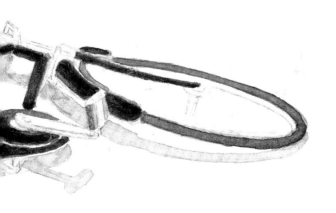

就这样，因为脚伤，我有好一阵子可以不用穿那双难看的鞋了，开心极了。

可是没多久，我的脚就好了。

这时，我想到一个绝妙的主意——

我要找个地方把鞋子藏起来！

早上一到学校，我就在附近溜达，寻找合适的地点。

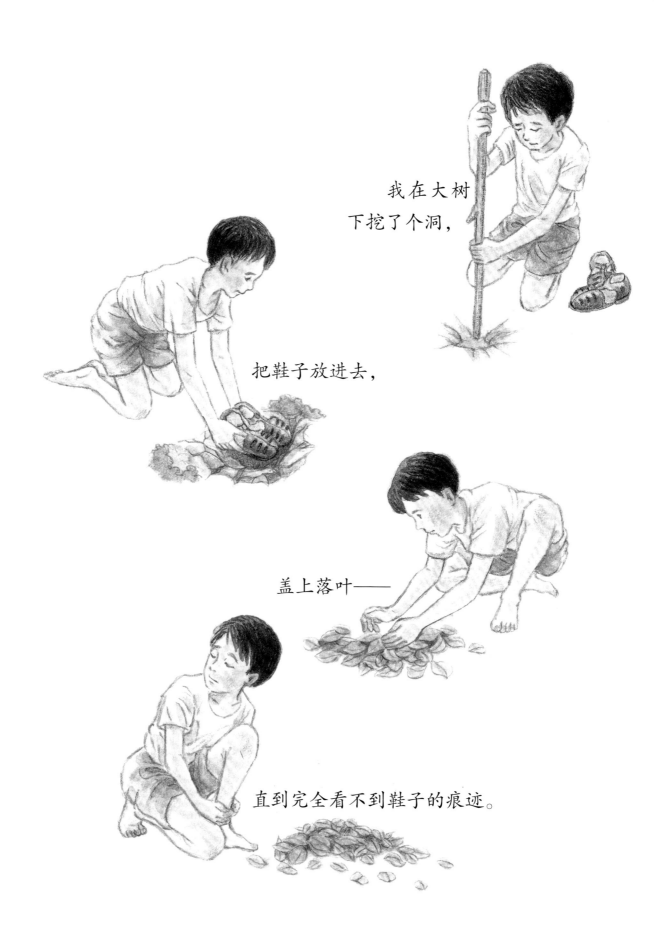

我在大树
下挖了个洞，

把鞋子放进去，

盖上落叶——

直到完全看不到鞋子的痕迹。

然后，我光着脚走进教室。

　　整个上午，老师讲了什么我根本没
听进去，脑子里一直在想那双鞋子：它
们会不会丢呢？

好不容易等到放学，我悄悄
跑回大树下，扒开落叶一看——
鞋子还在，这才松了一口气。

　　每次藏鞋子，除了不能让爸爸知道，我还会遇到各种麻烦事。

比如狗，

还有坏孩子……

日子就这样一天一天地过去了。
爸爸好像什么都不知道。

有一天，爸爸突然问我："你的生日快到了，想要爸爸送点儿什么给你？"

我喜出望外，脱口而出："我想要鞋子，漂亮的鞋子！这一双快不行了，好几次害我差点儿摔跤！"

爸爸只是"嗯嗯嗯"的，既没有说行，也没有说不行。

但是，自从有了这个盼头，

我就更加用功读书了，

还把不爱吃的豆芽吃光，

甚至主动帮妈妈洗碗。

生日那天的早上，阳光从外面照进来，照得桌子和地面闪闪发光。

爸爸郑重地递给我一个盒子。

"我的鞋子！"我惊叫起来。

我迫不及待地穿上它，然后——

作者简介

黄木华，曾从事过动画设计、平面设计、景观设计等设计工作，热爱画画，现为自由职业者。2017年开始尝试创作图画书，《藏起来的鞋子》是他自写自画的第一部作品，荣获首届接力杯金波幼儿文学奖铜奖。

们全都
游戏。

像一颗小星球，闪闪发亮……

吕丽娜

我很喜欢用植物的果实和花朵给我的童话主人公取名字，比如铃兰小姑娘呀，豌豆丫头呀，银杏先生呀，诸如此类。我觉得果实和花朵各有各的颜色，各有各的香气，各有各的滋味，各有各的诗意，所以非常适合做童话主人公的名字。

在《跟我来，鸡宝宝们》这个故事里，我给主人公小熊取名为芒果。芒果是我十分喜爱的一种水果，它那金灿灿的颜色就像春日的阳光，总令人心生暖意和欢喜。故事里的这只小熊名字叫芒果真的再合适不过了，这不仅因为他有一身芒果色的皮毛，更因为他有一颗温暖的心，仿佛心田里的每个角落都洒满了金灿灿的阳光。

是的，小熊芒果的内心是有光芒的，而且只要一有机会，他就很乐意用自己的光芒照亮身边的所有生命。在这个故事里，小熊芒果就有了这么一个机会：母鸡太太忙得团团转，所以请小熊芒果带她的宝宝们出去散步。

于是小熊芒果高高兴兴地当上了"小家长"。他做得多么有模有样呀——他既让小鸡们看到了一路上的美好风景，也让小鸡们学会了爱护周围的一草一木；他既让小鸡们学会了遵守秩序，也让小鸡们放飞心情，痛痛快快地玩了游戏；他既让小鸡们学会了友好地对待身边所有的人，也教他们学会对弱小的生命心存善意。他让小鸡们不仅收获了大大的、漂亮的彩色气球，还收获了乐趣，收获了成长。在这条长长的散步的路上，小熊芒果就像一颗闪闪发亮的小星球，把小鸡们的世界照得又明亮，又美丽。所以小鸡们全都兴高采烈地说："散步真开心呀，我们好喜欢和芒果哥哥一起去散步！"

　　其实，每个孩子的内心都是有光芒的，而且只要有机会，也都很乐意用自己的光芒照亮周围的世界。大人们不妨多给孩子们创造一些这样的机会，让每个孩子都能像一颗闪闪发亮的小星球，照亮他们周围的大世界。

小鸡们可真淘气！瞧，趁小熊芒果一转身的工夫，迅速地藏了起来。哈哈，原来它们想和芒果哥哥玩捉迷藏。你能帮助小熊芒果把9只小鸡全都找到吗？

创作手记

黄木华

尊重孩子自己的选择

女儿即将步入小学时，我一度非常焦虑，于是拼命工作挣钱，希望能在城里买房，让她到城里接受更好的教育。可是女儿告诉我，她更喜欢我们现在的家，虽然只是小镇，但是这里有她要好的朋友和熟悉的亲人，有美丽的景色和清新的空气。如果硬要她去城里上学，她反而会不开心。那一刻我才明白：原来我以为的好并不是女儿想要的好。

一眨眼七年过去了，她现在已经上初中了，学习成绩也挺好，更重要的是，她过得很快乐。如果当初真的进城买房，生活支出必然大增，我可能就会疲于应对工作，无暇顾及女儿了。所以，正是女儿告诉我怎样做才是一个好爸爸，教会我尊重孩子自己的选择。

这也是我在这本图画书中最想表达的。

书中这对父女的原型其实是我的岳父和妻子。

岳父是独子，三岁丧父，家道中落，由母亲一人拉扯长大。因为没有父亲和兄弟姐妹，小时候经常被人欺负。他九岁就开始到煤场挑煤，然后挨家挨户叫卖，就这样，他自己供自己上学，成了村里唯一的中师毕业生。可能因为这种经历，妻子说岳父一站上讲台就神采飞扬，滔滔不绝，自信又有魄力，可是一旦下了课，却沉默寡言，非常严肃，让人不敢亲近。

那时候师资匮乏，教师工作调动是常有的事。农村的族群观念又比较强，刚到一个陌生的地方，岳父很怕女儿会像他小时候一样被人欺负，所以他采用了一种看似蛮横的方式去保护她。书里的爸爸就像当年的岳父一样，刚搬进村里，他就把女儿的头发剪短，让她打扮得像个男孩子。他以为把女儿打扮得像个男孩子，女儿就不会受别人欺负了，但他万万没想到的是，因为女儿的选择没有得到尊重，这种保护反而变成了一种伤害。

在书中，敏感的女孩选择一次次地藏起来。

孩子的心思，想藏也藏不住

书中的第一个跨页就是爸爸调任第一天上课的情景：他全神贯注，意气风发。黑板上的板书是贺知章的《回乡偶书》，暗示爸爸是外地人。

书中第二个跨页展示的正是女孩"改头换面"，变成假小子的场景。这个画面被门框框起来，暗示女孩失去了选择的自由。在二十世纪七八十年代，因为卫生条件差，孩子们的头发里经常长虱子，所以有很多女孩留短发。那个年代穿着中性服装的女孩也很常见。如果仅仅是这样，书中的女孩也就默默忍受了，但爸爸偏偏还要她穿她最讨厌的男式凉鞋——一双深褐色的塑料凉鞋，又笨重又难看。

"小孩子在很多时候比大人还爱面子，因为世界小，所以，所有的小事都不小。"这是桐华作品里的一句话，我觉得用来形容女孩这时的心境再合适不过了。

看第三个跨页，女孩刚到一个陌生的地方，还没有交到朋友，只有一只小猫陪伴。虽然很痛苦，周围却没有人可以倾诉，孤独的女孩似乎只有把自己藏在巨大的树荫里才能获得一点儿安全感。第一次藏，藏的是身体。

接下来的那个跨页画了一个大场景。远处，爸爸骑着自行车，车后载着女儿，她瘦小的身影和近处劳作的人群形成了巨大的反差。那些人其实都是善良淳朴的农民，大家也根本无暇去关注她不起眼的鞋子，女孩却害怕极了——她怕大家会因为那双鞋嘲笑她，于是偷偷把脚藏在了爸爸的身后。每天穿着这双鞋去上学，一想到别的女孩五颜六色、轻巧漂亮的鞋子，女孩的心情就像路上那群受到惊吓惶恐逃走的鸭子一样。所以第二次藏，藏的是脚。

第三次藏，藏的是鞋子。在第十个跨页，女孩开始了她的藏鞋计划，她开始光着脚去上课。虽然现在看来有点奇怪，但在那个年代，光着脚上课一点儿也不稀奇。

鞋子从一开始就是女孩自尊心的象征，她费尽心思，挖地洞、盖树叶藏起来的，其实就是她那受伤的自尊心。这双鞋子就像孙悟空头上的金箍，牢牢地把女孩的心门锁住了，让她无法敞开心扉，也没办法交到朋友。当别的孩子在学校打闹玩耍时，女孩尤其显得落寞和孤单，但即使是这样，她的脸上还是浮现了笑容，因为只要藏起鞋子，就算光着脚，也感觉多了一点儿自由。所以在第十个跨页的右边，我只画了半边窗户，跟前面爸爸替女儿剪头发的

3

完整门框对比，预示事情开始出现转机——虽然事情的发展并没有想象中顺利，不时还会出现一些意外的状况。

爸爸的爱，藏在看不见的地方

日子就这样一天天过去了，爸爸似乎什么都不知道。可是，他真的不知道吗？不，他只是不善言辞，不会表达。所以有一天，爸爸突然说要送女儿生日礼物。第十五个跨页中，爸爸坐在院子里，女孩轻轻地趴在爸爸的膝盖上。这是书中爸爸和女儿最亲密的一个场景。这时女孩的表情也是坚定而自信的——只要能得到喜欢的鞋子，做得再多也是值得的！

生日那天的早上，一切都显得那么不一样。女孩当然知道盒子里装的是新鞋子，但她还是忍不住惊呼："我的鞋子！"是的，这是一双女孩子的鞋，一双让她喜欢的鞋，一双让她等了太久的鞋，一双可以让她找回自尊心的鞋！

最后一个画面，女孩重建自信，敞开心扉，终于结识了两个新朋友。她们一起玩跳绳，一起毫无顾忌地跳着，笑着，度过了愉快的一天。

很多时候，你说的"为你好"在孩子听来并不代表"我爱你"，所以，你对孩子的爱真的表达对了吗？你认为的"多大点儿事"在孩子心里并不意味着"我不介意"，所以，孩子的心理你真的读懂了吗？试着尊重孩子的选择吧，这是让孩子学会独立生活的前提，也是良性亲子关系的最佳保障。